川鍋さく　第一詩集

湖畔のリリー

湖畔のリリー

湖畔のリリー

戻っておいで
ここへ
いつでも

湿った土に横たわって
柔らかい湖水に
ゆっくり
ゆっくり
頭の後ろから浸って
水の冷たさはすぐに

温もりに変わる
動くのをやめて
いま
目に映るものだけを見て

宇宙の端
無数の星々の生死の反射で眩しい
小さな夜の湖畔

　ここがわたしの還る場所

醒め続けている眠りの途中

どんなこわい夢をみる
どんなくるしい夢をみる
どんな愛しい夢をみる

湖のほとり
今日も白く咲いている
リリーの群は枯れない

初夏の午前

空を割るような轟音で目が覚める

中途半端にあけたカーテンが
網戸から入る風で少し膨らむ
垣間見える
晴天

四軒先の空き家がバリバリと解体されている

重機のエンジンが鳴っている
雲のない
吹き抜けの青い空に

なんとなく
右手でキツネの形を作って
コン
と呟く

カーテンが少し
膨らんで
戻る

右手で作ったキツネの

首を左手で圧し折る

レースカーテンの
しろい
やわらかい

憂う果実

三日目の経血が
太腿の内側をつたって流れて行く
シャワーのお湯と混ざって薄まったそれは
まな板の上で潰れたトマトの汁と同じ色

同じ病室の向かいのベッドの結衣ちゃんが
昼食で出たほうれん草の御浸しを食べて
「血の味がする」と呟いた
お見舞いに来ていた彼女のお父さんが
教科書通りのぎょっとした顔をしたのを見て

彼女と私と、大笑いした

「『最初の男アダムが創られ、
彼の一部から最初の女エバが創られた』
それって実は、エバを生み出すためにアダムが創られたんじゃないかって思うんだよね」
院内図書館の隣の喫茶コーナーの一角で
高校生くらいの若い女子患者三人が
そんな哲学的な話題で盛り上がっている

彼女達には彼女達の
結衣ちゃんには結衣ちゃんの
トマトにはトマトの
ほうれん草にはほうれん草の
私には私の

道理と事情があるのだ

それでも皆
同じ土の上で生きている

神様
不都合でなく且つ気が向いたらでいいので
よかったら次回以降
別の畑に蒔く種の区分に
私を入れてみて下さい。

向日葵

その花壇の向日葵は
毎年、夏が終わる直前に咲く
公園の隅っこ
赤煉瓦の小さな四角い枠の内側で
ひとり日常を眺めて過ごす一日

どこからか山鳩の声が辺りに響き
空の端が薄っすら黄金色に染まり始める頃
公園の向かいのパン屋のロールカーテンが上がる
間もなく広場に

近所の子どもや老人がぽつぽつと集まってきて
ラジオから流れるざらついたピアノの伴奏に合わせ
腕を振ったりしゃがんだりを繰り返し
終わるとだらだらと散って行く

太陽が空の真ん中でじりじりと白く輝く頃
二人の女の子がやってきて
ブランコに立ち乗り
どちらが高く漕げるか競い始める
砂場では小さな男の子が
麦わら帽子の下にじんわり汗を滲ませながら
ひとりしゃがみ込み黙々と砂の王宮を築く
すぐ近くの木の幹で
クマゼミが声を張り上げ鳴いている

太陽はただただゆっくり西へと歩む

ふと気が付くと
ブランコは無人で揺れている
男の子は母親に手を引かれ
作りかけの王宮を置き去りに帰って行った
いつの間にかクマゼミは木の根元に転がっている
やがて
遠き山に陽は落ちて
パン屋の灯も落ちた

夜がくる前にほんの一瞬
　燃え上がる空

その熱に身を震わせ
くたびれた背筋をぎゅっと伸ばす
向日葵は
星が出るのを待っていた

拝啓メガネ

真夜中の校舎を漂うメガネと
光る四片の羽の蝶に
わたしも出会いたい
ふわり　ふわり
漂って
ひんやり心地よく
しっとり甘い
夜の空気を全身で吸い込んで

この窓辺のメガネにも

羽が生えたりするだろうか
点々と続く
街灯の蛍光白の吐息を辿って
通学路の上空を行き
閉ざされた校門を越え
光る蝶の羽ばたきの
幽かな残香を頼りに
きみを探したりできるだろうか

願わくば
このまま
朝日よ立ち止まれ

家畜小屋の夜

流れ星というのはさほど特別なものではなく
毎日、どこの空でも、たった今も
流れて落ちる星がある
とはいえあの空で見た星の流れ様は凄かった
何というのだろう
打ち上げ花火が夜空に開いたあと散って消える時の
火光の短い残像
ほんの一時の光なのに
その軌道をはっきりと正確に認識できるほどゆっくりと見える
そんなふうな流れ星が無数に

見上げた夜空の端から端までを埋め尽くしていた
夜空が黒く
流れ垂れ消える星々の光の筋が白いので
雪が降り積もっていると錯覚した
どの季節だったか定かでないが
肌寒さというか
空気がしんと引き締まっている感触があった

目の前の小さな木造小屋の中で
何がどう引火したのかその種はわからない
ただ小屋の天井を、壁を、床地を
朱色の炎がぬらぬらと這いまわる光景と
その中で身動きが取れずにたじろぐ仔馬と仔牛の姿を
小屋の窓ガラスの外から見た

わたしは咄嗟に足元の石を拾って窓ガラスを殴った
窓ガラスに開いた穴は人の頭が通るほどの大きさしかなかったが
仔馬はその穴から逃げ出そうと必死に身をよじらせ
どうにか抜け出すとよろけた足取りでどこかへ走り去った
仔牛は窓の傍の台の上でぐったりと横たわっていて
わたしが声を掛けながら手を伸ばしその足を引っ張っても
ちっとも動かなかった
わたしはもう一度石で窓ガラスを殴り穴を広げ
上半身を小屋の中に突っ込んで仔牛を引きずり出した
仔牛の体を抱えながらその足を地面に着かせてみたが
仔牛は息荒く両目を丸々と見開いてわたしを見つめるばかりで
立つことも踠くこともしなかった
その時
この仔牛はもうこの世界を離れたのだとわかった

それまで仔牛を抱きかかえた経験などなかったが
仔牛の体がこんなにも軽いはずがないという確かなことに気が付いた

仔牛の体がこんなにも
軽いはずがないのだ

空白

遮光カーテンを閉め切った
真っ暗な部屋の中
今は夜明け前
外が白む一歩手前
横たわった私の体の平行にある
白い天井
白い天井は暗闇の中でも白い
その白に溶け込むように
大振りのヤモリが一匹
張り付いている

ヤモリの躰もまた白く
その瞳はアクアブルー
背中には金糸で刺繍したような複雑な模様
ヤモリは
私が見つめている間はピクリとも動かず
私が目を逸らすと蝿のように天井を這い回る
その忙しない足音が私の頭にわさわさと降って来る

デトラトラトリコデトラトラトリコ　デ

ヤモリはふらっと二匹に分裂して
互いの尻尾を追いかけながら
天井の真ん中でぐるぐる回る

デ ラ ラ リ デ ラ ラ リ
　ト ト ト コ ト ト ト コ デ
後ろのヤモリが前のヤモリの尾先を掠め逃し
前のヤモリが後ろのヤモリの後半身を呑み込んで
――――――――――――――――――――――――――ボトッ

夜が明ける
閉め切った遮光カーテンの縁が発光し始める
白い天井は薄闇の中でも白い
横たわった私の体の上に
絡まり乱れた金色の糸が散乱している

散歩道

花が咲いている
赤色の花です
落ち葉が川面に浮いて
流れて行きます
「クラムボンはわらったよ。」（※）
雀が囀り
木から木へ飛び回ります
昨日メアリーは死にました
雪の降り出しそうな
あつい日でした

（※）宮沢賢治 作『やまなし』より

窓の外のピアニスト

窓ガラスの向こうで
いつも
ピアノを弾いている
半透明の黒い影の人がいます

その人
ずっと
休みません
わたしが寝ても
その人は寝ません

食事もしません
時々演奏の合間に立ち上がるけど
ピアノの傍は離れません
太陽の熱に焼かれても
激しい風雨に殴られても
朝も昼も夜も
ずっと
ピアノ
弾いています

たまに
窓ガラス越しのその人の顔に
わたしの顔を重ねてみます
その人の演奏の動きに合わせて

わたしも机を指で撫でたり叩いたりしてみます
その人が何十分もピアノの前で立ち尽くしていたら
その人が再びピアノ椅子に座るまで
わたしも棒立ちしてみます
それから窓ガラスの向こうの空に
月が見えないか探してみます

その人の音
わたしの耳には聴こえないけど
窓ガラスが振動するので
どんな曲を弾いているのか
わかります

未明

目が醒めると
長い鉄杭が胸の真ん中に突き刺さっている
背中を貫いて
その下のマットレスまで貫通して
それはもうしっかりと安定してしまっているので
ベッドの上で身動きがとれない
鉄杭の末端は
六段ある箪笥のてっぺんよりも高い位置にあって
どう頑張っても
抜いて外すことはできないので

鉄杭がそのうち自然消滅するのを
じっと待つ

昨晩は街灯の明りと同じ色の月が出ていたな

視界の真ん中で
鉄杭が一定のリズムで振動している
心臓の動きを拾って
ぶん　　ぶん　　ぶん　　ぶん
と
鳴っている

左の視界の端に
ガスコンロの上の鍋が見える
昨日作った味噌汁の残り
冷蔵庫にしまい忘れたな

じき陽が昇ったら
腐ってしまう

灰景

祖父の葬式に李おばさんの姿はなかった
孤独な祖父の晩年を
誰よりも傍でお世話していたお手伝いさん
何年か後になって
結婚するより前からの愛人さんだったのだと知った

祖父の妻であった祖母は
ほんとうにほんとうに
優しくて強くて良い人だった
良い人だからか祖父より先に亡くなった

とても料理上手な人だったのだが
わたしはその味をよく覚えていない

祖父の家は
祖父の生前も死後も
変わらない暗さだった
玄関の靴箱の上の大きな水槽に
育ち過ぎて肥大した金魚が五匹居た
台所に立ち入ると
鼠取りに掛かった鼠がバタバタと慌て藻掻く音が
時々聞こえていた

祖父の四十九日の法事の後
祖父の家で李おばさんが韓国雑煮《トックッ》を作ってくれた

「お正月だから」
それだけ言って
李おばさんは部屋の隅の扉から台所へ消えた
わたしにとってたぶん初めての韓国雑煮だった

祖父の家は取り壊されて
今は駐車場か何かになっている
祖父が寝ていた敷布団の凹みの感触が
その場所に残っている

ほんのたまに
正月に韓国雑煮を自分で作る
ほんのたまにだから
作り方を忘れていることがある

その時はたいてい
李おばさんのはどんなだったかを思い出す

八郎

八郎が死んだ
八郎が死んだ
白い着流しの裾はだけさせ
すれ違う人を細い眼で睨みながら
つるんばしの商店街を闊歩していた八郎が
しばらく見ないと思ったら
死んだってよ

朝鮮人は馬鹿だと見下して
この町で

日本人でいることに拘った
在日二世の八郎
同じ在日二世の女房貰って
もうけた五人の子ども等皆
日本人の名前を付け朝鮮の風習は教えなかった
貧乏するのは馬鹿だと言って
ヤクザ連中カタギ連中相手を問わず商売した
スポーツなんかする奴は馬鹿だと言って
野球をしたがる息子を怒鳴った
内緒でグローブ買い与えた女房を殴り蹴った
女は馬鹿だと常口癖
酒を飲んで日本刀振り回し家中女房を追いかけた
やがて子ども等が女房をどこかへ連れ出して
八郎は

この町で
独りになって歳をとった
大人になった子ども等が
知らない間に家族を作って
挨拶しにやって来た
それからは盆正月には顔出せと
毎年子ども等に電話をかけた
女は馬鹿だと常口癖
息子等の女房の前でも言った
年々その声はしわがれて
身体は薄っぺらくなった

八郎が死ぬ数日前
八郎の九人の孫の中の一人が

八郎が入る棺桶を夢に見たってよ

親がどんなでも
骨になったのを見たら
子どもは泣くもんなのかね

引力

心臓と右肺と左肺の隙間に
時折、真夜中の海が現れる
満月の白い明かりが照らす
どこまでも続く黒い水面
小さな海

穏やかに立ち消える波の行き来が
心臓をブランコの様に揺らし
気まぐれに吹く湿った潮風が
左右の肺を交互にくすぐる

波間に
誰か
女の
嗚咽が聞こえる

私は
鼻の奥の方に涙の匂いを探したり
熱いジャスミン茶を淹れたりする

痞える夜

机の引き出しに、もう殆ど使うことのない、
３０㎝の竹ものさしが入っている。
小学生の頃のもので、裏面に〈おなまえシール〉が貼ってある。
そこには、父の気取った筆跡の漢字で、私の名前が書いてある。
懐かしんでわざわざ手に取ることはないが、
引き出しの中を弄っていてたまに引っ掛けたりする。
そんな時は〈おなまえシール〉が見えないように、さっと元の位置に戻す。

陽が落ちてから用水路の傍を歩くと、
小さな魚が水面を跳ねていることがよくある。

一匹だったり二、三匹だったりする。
あれはどういう習性なんだろうと気になって調べたことがある。
体に着いた微生物を落とすためだとか、
水面近くに居る虫を食べているのだとか、
水中の酸素が足りなくて息継ぎをしているのだとか、
諸説あるらしい。
今日もコンビニに行った帰りに、
ピチャンッ！
ピチャンッ！
と跳ねる影を見た。

襖の向こう側から、近頃よく眠れないという母の寝息が聞こえる。
低い鼾をかいたり、時々鼻を啜っている。
母はやはり、歳をとったと思う。

外では、虫々が秋の夜を過ごしている。

点火し立てのストーブの
ツンとする匂いがほしい

暗香

お風呂上がりのリビングで
ふと、
父の臭いとすれ違う
海底の泥のミネラルと、ドライスーツのゴム素材と、潮を被った工具の赤錆と、ガソリンと、
汗と。洗っても取り切れないそれらの臭いを誤魔化す為に、過剰に噴き付けたコロンのムスク。

「これがヘドロの臭いだよ」
潜水士だった父は
爪の隙間に黒い砂が詰まった硬い指先を
幼い私の鼻孔の寸前に差し出しながら

言っていた

父はもうこの家にはいない
三年前、私が海に沈めた
何で殴られようが何処を刺されようが
死ぬような人ではないので
潜水用のウェイトベルトを三本
丁寧に、丁寧に、彼の体に巻き付けて
静かに波打つ夜の海に突き落とし
私のこの両手で底深くまで押し沈めた

それから彼はどうしたか
あの海の底の黒くて重たい泥の中で
今でも横たわったままでいるのか

深夜の海の冷たさはどれほどだろう
ヘドロの水底はどんなに暗く臭いだろう
海上の月はいつも澄んで唯一無二に美しい

お風呂上がりのリビングで
ふと、
父の臭いとすれ違う

聖《ひじり》さんとの華の無い小旅行

「僕ね、鯉にお麩をあげるのが好きなんだ。」

橋の欄干にもたれ掛かりながら聖さんは、欄干を下から登ってくる一匹の蟻を見ていた。

「ここには鯉はいないですね。川と言うより、人工の用水路みたいですし。」

私も欄干を登ってくる蟻を見ながら、さっぱりとした口調で言った。

「じゃあ、別に鯉じゃなくてもいい。」

聖さんはそう言って、私が持っていた食べかけのPockyの小袋に手を突っ込み、一本抜き取ってそっと欄干の上に置いた。

「なんだ、食べないんですか。」

「この子、これをどうするかな。」

私たちの視線の先で、欄干を登り切って来た蟻が、Pockyの前を右往左往する。

「こんな大きな餌与えられても、この子だけじゃ無理でしょ。反って酷じゃないですか。」

「そこをどうするのかはこの子次第。あたふたしながらも試行錯誤する生き物を見てるのが面白い。」

聖さんはきっと、鯉にお麩をあげる時、お麩を投げる様に見せかけて投げなかったりするのだろう。

春の陽気に、聖さんの笑顔が溶ける。

「それはさて置き、私のPocky一本分、何か返してください。」

私はまたさっぱりとした口調で言った。

橋の下の用水路に
いつの間にか
何処から来たのか
アオサギが一羽、佇んでいる

聖さんは少し考えてから、自分の上着のポケットに手を突っ込み、私のPockyにつられて買ったHi-SOFTを一粒出して口に咥えた。それから私の顔に手を伸ばし、少し屈んで、そのHi-SOFTを私の口に押し込んだ。

「美味しいですね。」

私は今度も、さっぱりとした口調で言った。

loss

熱風を蒸かす夜空には
投げやりに散りばめられた薄い雲の小群と
赤い星がひとつだけ出ていた

頭の片隅で薄桃色の薔薇の花弁が一枚落ちた

今日もまた眠るタイミングを見失った

机の下の本棚の一番奥で
モネの「しだれ柳」が風に揺れている

散歩道 - 晩夏の夜

電車に並んで
電車に揺られて
ずるずる歩いて
ひたすらの帰路を
やっとここまで来ました
化粧が崩れたままの顔を
マスクで覆って

疲れた、とか
おうちに帰りたい、とか

歩くのを止めてしゃがみ込みたい、とか
あの人に会えなくなったらどうしよう、とか

暑くて
やっと辿り着いた暗がりで
マスクを外して
嗚咽

　ああ、この道の匂い

月光が
茂りきった木々の葉の隙間を潜って
川面にちらちらと影を落としていました

ベンチの上で
顔馴染みの猫が
だらしなく伸びて寝ていました

深く吸い込んだ空気の中に
ふと、
いつの日かのメアリーが居て
わたしは
散歩道の出口に着くまでの間
もう、おいおいと泣きながら歩くのでした

The last night ＊ 月の光／ドビュッシー

　　そしてとうとう
　今夜
妖精は枯れ枝の前に現れ　問うのだ
「あなたの望みは何ですか？」
　「この体に翼が生えないのなら　せめて死ぬ前に自由を。」
望みを聞いた妖精は
　枯れ枝を牛乳瓶から抜き取り
埃まみれのその体に　ふっ　と息を吹き掛けた
　すると枯れ枝は　一匹の猫になり
　　考える間もなく
天井板の小さな穴へと跳躍し
屋根伝いに外の世界へ駆け出した
地肌に感じる　夜の風
　　その風に乗って流れてくる　海の匂い
石畳の上を歩けば冷たく
　　草むらに入ればあちこちくすぐったい
夜空は天井板より　遥かに　高く　大きく
　　そして
眩　し　い
　　猫はその体の動くままに　月の光が照らす街を

「私が死んだら
私のこの体に翼は生えますか？」
歪んだ空っぽの牛乳瓶の中に立つ枯れ枝は
すっかり埃を被った自分の体を見つめ　今日も呟いた
狭く暗い屋根裏部屋の隅
いつからか　毎晩同じ　独り言
を

「あなたが死んでも
あなたのその体に翼は生えません。」
どこからか　誰もいないはずの屋根裏部屋に灯る　澄んだ声
枯れ枝が視線を上げると
目の前に　女の姿をした妖精が立っていた
天井板に開いた一つの小さな穴から降り注ぐ
白い月の光を浴びて
妖精の髪が　青くきらきらきらと輝いた
「ブルー・フェアリー
やっと私のところにも来てくれたんだね。」
枯れ枝はずっと待っていたのだ
何百　いや　何千回の夜を
同じ独り言を繰り返しながら
自分の体にどんな花が咲いていたかも忘れ
ただただ過ごしてきたのだ

隅々まで駆け回った
やがて気が付くと　猫は　どこかの家の庭に入り込んでいた
そこには　一本の小さな木が立っていて
細い枝々の何本かに　薄桃色の花が
ぽつり
ぽつり　　と
白い月明かりの下で　光っていた
朽ちて　砂になった
誰もいなくなった　狭く暗い屋根裏部屋
天井板に開いた　一つの小さな穴から降り注ぐ
白い　月　の　光　を　浴びて
牛乳瓶の　中の　砂が
薄　桃　色に
き　ら
き　ら
と　　輝いた

ギフト

右のポケットに
透明のピストルが一丁入っている
この世に生まれて来る前に
門番のおじさんが持たせてくれたものだ

このピストルはね
他者に向けて引き金を引いても
何も起こらない
所有者自身に銃口が向いている時にしか
発砲しないようにできている
あっちの世界に行ったら

これが必要になる時がきっとあるから
ずっと大事に持っておきなさい

おじさんの事も透明のピストルの事も
長らくすっかり忘れていた
でもさっき
右のポケットがやけに重い気がして
手を突っ込んでみて
そこに在ったのに気がついた

おじさんが言っていたのは
今みたいな時のことなのかもしれない
とめどなく湧いて出る思考と感情と悪感が
重たい泥のように体内の隅々まで広がり積り

徐々に視界と気道が塞がっていく恐怖で
呼吸の仕方も思い出せない
もうこの肉体ごと掻き裂いて消え逃れたい
そんな時のために
持たせてくれたものなんだろう

ポケットの中でピストルを握っていた右手を引き出し
ゆっくり持ち上げ
銃口を右のこめかみに押し当て
引き金を引いた

あおいそら

華やかな破裂音がして

左側頭部から噴き出したのは
真っ白な
真っ白な輝く無数の花弁
その美しさに
私の胸は思いがけず息をした

the white afternoon

窓が少し
開いている

ひんやり乾いた外気が
露《あらわ》の二の腕に触れる

散らかった部屋
ベッドの上
縒《よ》れたシーツの
柔らかくふやけた匂い

秋の終わり

窓のすぐ向こうは
隣のアパートのくすんだ外壁

冷たい素肌に
あなたの右手
瞬間の温もり

アパートの下の通りで
プラタナスの葉が
一枚
微かな音を立てて

枝からちぎれ落ちる

キスより先に
「ホックを外して」

キッチンの蛇口にぶら下がる水玉
膨らみながら
微々と震える

冬

羽毛の掛け布団を出した

季節最初の羽毛布団には
ばふっ　と
身を投げるものだ

うつ伏せの体温が
冷たい繊維を少しずつほぐして
柔らかくなっていくのに埋もれていると
このまま

犬になれるのだ

窓のすぐ外
庭の塀の向こう側で
からすだろうか
ぱち　ぱち
と
小枝を踏む音

一月の木

新婚時代の
父から母への贈り物
小樽土産の
木箱のオルゴール
ショパン　エチュード一〇の三　ホ長調
『別れの曲』とは知らずに選んだ

用水路沿い
狭い植木枠に生えている
柿の木

花梨の木
誰が実を獲るわけでもない
日ごと
柿の実は赤く
花梨の実は茶色く
乾いていく

昨晩
また夢に父が現れた
相も変わらず
物欲しげな目
夢の終わり際
電柱の向こうへと歩き去っていく父を
何か声を掛け呼び止めたが

珍しく
父は立ち止まりも振り返りもしなかった

冬の晴天
用水路の水面に影を映す
乾いた実には
鳥も来ず

木箱のオルゴールは
物置部屋の段ボールの中

東へ

浴室に入ると
石鹸置きに
十センチメートルに満たない
ヒトの胎児が横たわっている

赤黒い血の膜に覆われたその体に
恐る恐る触れてみると
硬い
種のようだ
と

思った

桶に微温湯を張って
胎児を石鹸置きに乗せたまま
割れかけの生卵を手に持つように
ゆっくり
ゆっくり
桶の中へと降ろす
もうじき迎えが来るはずだ
胎児の体を覆う血の膜を
桶の微温湯を慎重に掛け流しながら
洗い取ってみるが
血の膜の下から現れたその素肌は
もとから赤黒かった

胎児を微温湯から上げ
ほんの一瞬
自分の胸元に抱いてみた
のは
母性というものの働きとは少し違って

浴槽の中の排水口から
迎えの白蛇がやって来た
白蛇は浴槽の内側を這い上って身を乗り出し
胎児の体を丸ごと呑み込んで
再び浴槽の中の排水口へ戻って行く
そこから白蛇は
胎児を腹の中に抱えて東へと向かうのだ
東のさらに東側にある

土と草のある地へ
白蛇曰く
その地では
年に何度か
全ての木々が一斉に真赤な新芽を芽吹かせる

胎児と白蛇を見送り終え
そのままシャワーを浴びようと栓を回すが
いつまでたっても
シャワーからは冷たい水しか出てこない

玉ねぎ

寒さが痛いくらいの日には
玉ねぎを持って歩くといい
なるべく皮が厚くて
色の濃いものがいい
少し凹んでいても構わない
手袋がなくても
両手で包むように玉ねぎを持てば
ぽっくり　ぽっくり
温かくなる

日が暮れて
空も町も黒くなったら
玉ねぎに灯を点して
散歩をするといい
川辺を歩けば
玉ねぎの灯が川面にこぼれて
きっとうんときれいだろう
もし野良猫がついて来たら
かまわず
好きなところまでついて来させればいい

公園のベンチに
座った形のままで動かない人を見つけたら
灯の点った玉ねぎを

その手に持たせてあげるといい
隣に座って
その人と野良猫と一緒に
玉ねぎの灯が揺れるのを見ていよう

夜が終わるその時に
玉ねぎは一気に燃えて
黒い炭屑になるから
その光景を見逃さないように
一緒に
玉ねぎの灯が揺れるのを見ていよう

ぷろばんす56

赤いメガネは青いメガネを知っている
青いメガネも赤いメガネを知っている
互いに
「綺麗なレンズだな」
と思いながら相手のことを眺めている
「綺麗なレンズだな」
ずっと前から知っていたことだ
ぷろばんすに居た頃から知っていたこと
でも
隣りに並んだことがないので

フレームの素材は何なのか
レンズの度数は幾つなのか
互いのことを殆ど知らない
「綺麗なレンズだな」
ずっと前から今まで
どんな景色を映してきたのか
互いに知らない
光る羽の蝶を見つけたかどうか
互いに知らない

寝入る耳の意識を掠める
窓辺から翔び立つメガネの羽音
夏も冬も澄んでいた

あの窓の外に広がっていた夜へ

ぷろばんすの家々の屋根を
明け方の光が包んでいく
山鳩たちが忙しく鳴き始める
パン屋のパンが焼き上がる
どこかの家で
ランドセルに括り付けた鈴が鳴る

暮れていく

昼間の茹だるような暑さが嘘のよう
こんなにも心地良い風が吹くとは知らなかった
大阪駅前うめきた広場大階段

並んで腰掛けるカップル
水遊びを終えて下着姿でペタペタ歩き回る幼児
カメラを片手に散策する外国人観光客
飲み会の待ち合わせではしゃぐ大学生集団

ガラス張りの梅田スカイビルの後ろに広がる
陽の落ちたばかりの平らな空から

どうしてだか
小名浜港の花火の火薬が香る

広場の端で
ストリートシンガーがギターを鳴らす
ゆずの『夏色』
歌い始めの第一声は
音が少しずれている

空の色が濃くなる程に
広場は店々の灯りで華やいでいく

階段の隅で私は
ひとり
詩を書く

初月

沖の空に
ポンッと
四尺玉の満月が打ち上がった

その晩
浜で一人月見をしていた私《わたくし》は
目を丸くいたしました

防風林の松の陰から
一匹の狸が駆け出てきました
驚いたことにそれが
見たところ
北の奥山の狸らしい
奥山から浜まで三十五里はあるはずです
見間違いかと思いましたが
青眼をしているので
どうにも北の奥山の狸に違いないのでした

狸は息を切らしながら
浜の砂上を波打ち際まで歩いてきました

四尺玉月の初日の晩です

海も浜も空も
それはなんと明るく眩しかったことか
今でも目の前の出来事の様に思い起こせます

波打ち際で足を止めた狸は
少しの間
寄せる波に鼻を近付けては引っ込め
前足を波に入れては抜いてを
繰り返していたのですが
何を思ったか
遠くの沖を静かに見つめ
ふっと息をした後
跳ねるように
ざぶざぶと波の中へと入って行ったのです

その時
狸の全身の毛がぶわっと逆立つのを
この目で確かに見たのです
私は思わず
「おいっ」
と声をあげましたが
狸は見向きもせず
向かい来る波を掻き分け進み
ぐっと顎を上げながら
海水を蹴って蹴って
沖へ沖へと進んで行くのでした
月光が狸の青眼に反射して
辺りの海面が煌めいておりました

狸の姿がどんどん遠ざかって
やがて小さな黒い点になって
四尺玉月の照明の中に見えなくなるまで
私は
ただ浜の上に突っ立っておりました

四尺玉の満月は
ここから五十年掛けて散って行く

無題

炎龍が空気を裂き雲を突き抜け
満天の星を呑み干す勢いで宇宙へ昇っていく

夜明け前の薄い星の瞬き

振り下ろし
アスファルトに突き立てた鉛筆

動かざる実存

花が在る
一輪の白い花が在る
薄く透き通った白い花弁が
萼から落ちてはまた生える
咲いては溢《こぼ》れ
咲いては溢れ
湧き出る泉の水流に乗って
その先の川へ
流れていった花弁は
いずれ解《ほど》け屑になり

地に融け染む

花が在る
一輪の白い花が在る
暖かい陽が差すときも
激しく雨降るときも
厚い暗雲に閉ざされるときも
薄く透き通った白い花弁が
萼から落ちてはまた生える
咲いては溢れ
咲いては溢れる

土壌が病み疲れ
泉が枯れ

根を張る大地が消滅しても
一輪の白い花は在る
咲いては溢れ
咲いては溢れる

一輪の白い花が在る

あとがき

はじめに、本詩集をお手に取ってくださった貴方に、心からの感謝をお伝えします。

＊

詩というものに取り組み始めてからこの春で三年になります。この三年の間に書いたもので、詩篇として形になったものは全部で六十三篇。その内の半数である三十篇を、自分にとって初めての詩集となる、この『湖畔のリリー』に収めることとなりました。六十三篇ある自作の中から本詩集に収録する作品を絞り込んで選ぶという作業には少々苦労しました。詩作品としての質の良し悪しに差はあれど、どの作品に対してもそれなりの愛着がありましたから、収録候補から外した作品に対して何となく申し訳ない気持ちになっていました。しかし、詩集の制作工程を進めるうちに、詩に対する自分の気持ちに少しの変化がありました。

以前私は詩誌「詩と思想」に寄せたエッセイの中で、詩は自分自身の分身のようなものであると同時に独立した一つの生命体である、というような事を書きました。その考えは今でもほぼ変わりません。ただし、「詩は自分自身の分身のようなもの」という部分を訂正したいと思います。詩は、詩人の感性と表現技法によって文芸作品として形あるもの、目に見えるものになります。しかしながら「詩」そのものというのはやはり独立した生命のような存在であり、その種は元々詩人の中ではなく詩人の外に存在している気がするのです。詩の種が詩人の感性や思想と結びつくことで、作品として体現されるのです。そう考えると、「詩は自分自身の分身のようなもの」というのはあまりにもおこがましい。自分の感性や思想と結びつくわけですからもちろん自分の要素を含んだものが生まれて来るのですが、それは自分の分身ではなく正確には「自分を介して生まれ出たもの」です。人間をはじめとする生物の子どもと同じと言えるでしょう。私の詩は私が書いたものではあっても私の所有物ではない。その事に気が付いたとき、自分の作品に対する思い入れというのが不要で重たいものに感じられました。過度な愛着は捨て、各詩にとって最適な巣立ちの時期と方法を真摯に模索することが大切だったのです。

今回の三十篇として選ばれた作品たちは、これから詩集として世に出て旅した先々で、読者の方々の多様な感性との出会いを楽しんでくれることでしょう。あるいはその途中で新たな詩の種を落としていくかもしれません。

*

本詩集の制作にあたり、ひとかたならぬご尽力を賜りました多くの方々にも同様に感謝の気持ちを述べたいと思います。私を詩の世界に招き入れてくださって以来いつも熱心かつ丁寧にご指導してくださる平居謙先生。今回の詩集制作に於いてはアドバイスをくださるのみならず編集・解説も受け持っていただき、何から何までサポートしていただきました。そして詩集のレイアウトを岩佐純子さん、表紙デザインをK's Expressさんが担当してくださいました。皆様のお力添え無くして本詩集は完成し得なかったことは、言うまでもありません。さらに、栞には福田知子さん、小川三郎さん、折口立仁さん、先輩詩人であるお三方から過分なお言葉を賜りました。また、普段から楽しくも真摯に互いの作品に向き合ってくれる詩友の皆様、私の創作を応援してくれる家族、出版社・印刷会社の皆様、本当にたくさんの皆様の存在に支えられて、本詩集を完成させることができました。この場をお借りして、皆様に厚く御礼申し上げます。

二〇二〇年一月

川鍋さく

川鍋さく　人と作品

―神様さえも困らせるひと

平居　謙

1

今から八年か九年近く前のこと。大阪芸術大学の「詩論」という授業で川鍋さくは詩と出会っている。といっても自らの興味でわざわざ選択したのではなく、その科目が必須だったというだけの理由だった。だから講師として来ていた詩人のネクタイの柄がクリスマスツリーだったことの方をよく覚えている程度で講義の内容を鮮明に覚えているわけではない。しかし「詩ってこんなに自由で面白いものなんだ」と心ときめいたことは事実らしい。その後なかなか詩人にも講座にも関わる機会がなかったが、数年前から機会を得て本格的に詩の創作に入った。読書会等にも積極的に参加している。そして「気が付いたら詩と関わる事が自分にとってライフワークになっていました」と彼女は言う。詩を「ライフワークにしたい」とはなかなか言えないものだ。それを、二〇代にしてちゃんと宣言している点で僕は、彼女の生き方をとても尊敬している。

2

優れた詩の多くがそうであるように、川鍋さくの詩はストーリーに頼ることがない。ストーリーが描かれているにせよそれは、単なる枠組みに過ぎない。難しい言葉は使われていないのに読んでいて途惑うことも珍しくない。独特の感覚が滲み出ていて、それ自体が詩を形成している。その感覚に馴染んでゆくことが彼女の詩を読むという行為である。馴染むのに時間が掛かる人もあるいはあるかもしれない。が、一旦馴染むととても気持ちいい。彼女はそういうタイプの作品を書く。たとえば「初夏の午前」という作品の最後は「カーテンが少し／膨らんで／戻る／／右手で作ったキツネの／首を左手で圧し折る／／レースカーテンの／しろい／やわらかい」というフレーズで終っている。美しいシーンなのだが、奇妙な読後感が残る。「しろい、やわらかい」で終ることが座り心地が悪すぎるのだ。放置されたような感覚。ツンデレにも似たどこか「困らせるタイプの技」だ。「立ち上る気配」に彼女の詩作品におけるいのちがある。

3

彼女の詩が読者をびっくりさせるのに似て川鍋さく本人も、静かに人に「えっ？」と言わせる。ここだけの話、彼女は日本酒党である。すっきりした顔立ちと淡泊な言葉。赤い眼鏡のクールないで立ち。それが研究会の二次会なんかで一歩居酒屋に足を踏み入れるや、メニューに載ってる日本酒の銘柄を見て「あ、これおいしそー」「今日はこれにしましょ！」などとはしゃぐ。何だか変なギャップがある。最近はビールにも手を染め始めているらしい。最初出会ったころは、「全然お酒なんて飲めないんですぅ」って顔をしていたのに、アレは何だったんだろうと右手で作った狐に摘まれる。初めて会った人なんかは、凄い酒豪だと信じて疑わないし事実酒豪の域に入りつつある。

4

極め付けは、川鍋さくが神様さえ煙に巻いている、というひとことだ。再び詩集の方に話を戻すと、中にこんなフレーズがある。

神様
不都合でなく且つ気が向いたらでいいので
よかったら次回以降
別の畑に蒔く種の区分に
私を入れてみて下さい。

これは「憂う果実」という作品の最終連だが、「不都合でなく」「且つ気が向いたらでいいので」「よかったら」「次回以降」「〜みて下さい」などと、下手《したて》に出る言葉攻撃のオンパレードだ。神様は頼まれごとのプロだから、いつもいつもお祈りや願い事を自分に向かってされている。かみさまなのに随分ぞんざいに扱う奴もいるだろう。お賽銭の額からは考えられないほどの厚かましいことを心の中で唱えている人もきっとおる。神様は、慣れているんだ、願われごとに。少々のことなら驚かない。だから逆に「気が向いたら」とか「よかったら」なんて言われちゃうとカンが狂う。えっ？えっ？と困っている神様のお顔が目に浮かぶ。しかも「今すぐに！」という祈りではなく「次回以降」なんだって？随分遠慮がちじゃないか？！おそらく、そういう人には神様、困り果てて一番最初に願いをかなえると僕は思うよ。

5

読者も詩もかみさまも困った困った、弱ってる。もちろんそれは川鍋さくの罠なのだが、無意識にやっているのでおそらく本人とても気づいていない。それがもっと困る。神様さえも困らせるひと。それが川鍋さくという詩人の、実のところの正体である。

湖畔のリリー

二〇二〇年四月二五日　第一刷発行

著者　川鍋さく　Kawanabe Saku
発行者　平居　謙
草原詩社
京都府宇治市小倉町一一〇—五二　〒六一一—〇〇四二
発行所　株式会社　人間社
名古屋市千種区今池一—六—一三　〒四六四—〇八五〇
電話　〇五二（七三一）二一二一　FAX　〇五二（七三一）二一二二
［人間社営業部／受注センター］
名古屋市天白区井口一—一五〇四—一〇二　〒四六八—〇〇五二
電話　〇五二（八〇一）三一四四　FAX　〇五二（八〇一）三一四八
郵便振替〇〇八二〇—四—一五五四五
制作　岩佐　純子
表紙　K's Express
印刷所　株式会社　北斗プリント社

ISBN 978-4-908627-55-2
定価はカバーに表示してあります。